伊索寓言繪本系列

獅子和老鼠

圖文：貝姬·戴維斯

翻譯：李承恩

園丁文化

園丁文化

伊索寓言繪本系列
獅子和老鼠

圖　　文：貝姬‧戴維斯
翻　　譯：李承恩
責任編輯：容淑敏
美術設計：許鍩琳
出　　版：園丁文化
　　　　　香港英皇道 499 號北角工業大廈 18 樓
　　　　　電話：（852）2138 7998
　　　　　傳真：（852）2597 4003
　　　　　電郵：info@dreamupbooks.com.hk
發　　行：香港聯合書刊物流有限公司
　　　　　香港荃灣德士古道 220-248 號荃灣工業中心 16 樓
　　　　　電話：（852）2150 2100
　　　　　傳真：（852）2407 3062
　　　　　電郵：info@suplogistics.com.hk
印　　刷：中華商務彩色印刷有限公司
　　　　　香港新界大埔汀麗路 36 號
版　　次：二○二二年十一月初版

© 2022 Ta Chien Publishing Co., Ltd
香港及澳門版權由臺灣企鵝創意出版有限公司授予

ISBN: 978-988-7625-19-3
© 2022 Dream Up Books
18/F, North Point Industrial Building, 499 King's Road, Hong Kong
Published in Hong Kong SAR, China
Printed in China

前言

《伊索寓言》相傳由古希臘人伊索創作，結集了來自世界各地的故事，約三百多篇。

《伊索寓言》對後代歐洲寓言的創作產生了重大的影響，不僅是西方寓言文學的典範，也是世界上流傳得最廣的經典作品之一。

《伊索寓言繪本系列》精心挑選了八則《伊索寓言》的經典故事。這些故事簡短生動，蘊含了深刻的道理，配以精緻細膩的插圖，以及簡單的思考問題，賞心悅目之餘，也可以啟發孩子和父母思考。

編者希望此套書可以給孩子真、善、美的引導，學習正確的待人處事方法。以此祝福所有孩子能擁有正能量的價值觀。

故事簡介

《獅子和老鼠》這個故事，告訴人們對人友善的重要。

頑皮的小老鼠不小心驚醒了沉睡的獅子，獅子好心放了他一馬。幾天之後，落入獵人陷阱的獅子在老鼠的幫助下獲救，兩人從此成為了好朋友。

一隻獅子在森林裏睡着了，
他把大腦袋擱在爪子上休息。

有一隻好奇的小老鼠正在附近
玩耍，發出了吵鬧的聲音。

當小老鼠在玩耍時，他越來越靠近沉睡的獅子。

頑皮的小老鼠離獅子太近了，
把他從睡夢中吵醒。

大獅子從睡夢中醒來，
他的大爪子抓住了小老鼠。

受驚的小老鼠乞求獅子
放他一馬，獅子同情小老鼠，
就決定放他自由。

一個美麗的日子裏，
獅子散步穿越森林。

17

獅子沒有察覺前方獵人設下的陷阱，
繼續走過森林。

「咻」的一聲，獅子直接升上了半空中。他大吼大叫，希望有人聽見聲音後，跑來幫忙。

吼鳴吼鳴

小老鼠正在家裏酣睡着，突然間，
他聽到遠方傳來一陣巨大的咆哮。

老鼠用最快的速度穿過森林，衝向聲音來源。當他看到獅子被困在樹上的網子裏時，突然停了下來。

老鼠爬上大樹，啃咬着網子的頂端。
轟然巨響過後，獅子摔到了地上。

26

獅子覺得好驚訝啊，這麼小的老鼠竟然可以把他從陷阱中救出來。他非常感激老鼠的幫助。

從此以後，老鼠和獅子就成為了非常要好的朋友。

老鼠和獅子對人友善，還會互相幫助，才能讓美好的事情發生啊！

思考時間

1. 魁悟善良的大獅子與勇敢報恩的小老鼠，誰比較強大？
2. 你有類似故事中大獅子或小老鼠的經驗嗎？

作者介紹

　　貝姬‧戴維斯（Becky Davies）是一名插畫家，在美麗的英國威爾士切普斯托鎮生活和工作。她在 2016 年於格羅斯特大學畢業，獲得插畫一等榮譽學士學位。貝姬喜歡使用傳統媒體創作，特別是用鉛筆。然而，她最喜歡的還是以電腦繪圖來完成工作！在大學學習插畫的經歷，使她能夠探索新的工作方式，幫助她建立出不同的風格。除了繪畫，她還喜歡閱讀、拼圖、在陽光下散步，以及在多變的四季中享用熱茶！